STOP
An Caitín a d'ith an Píotsa!
Páraic Breathnach
agus Olivia Golden

Do Chaitlín agus do Julia

Bhí caitín ann uair amháin agus bhí gluaisrothar dearg aige. Honda 50 a bhí ann. Dúirt a mhama leis, "Gabh amach ar maidin agus faigh obair leis an Honda 50 sin mar níl aon phingin sa teach."

Chuaigh an caitín síos go dtí an fear sa siopa píotsa
agus dúirt sé leis, "An dtabharfaidh tú jab dom,
más é do thoil é?"

"Tabharfaidh," arsa fear an phíotsa. "Bíonn daoine ag glaoch agus ag ordú píotsaí uaimse i gcónaí. Anois, beidh mise á ndéanamh agus tabharfaidh tusa amach ar an Honda 50 chucu iad. Bí anseo san oíche amárach ag a sé a chlog."

"Beidh mé," arsa an caitín agus d'imigh sé leis go sona sásta.

An lá arna mhárach, bhí Baba Mhór sa bhaile ina teach féin agus ghlaoigh sí ar fhear an phíotsa ag a sé a chlog agus dúirt sí, "An gcuirfidh tú Píotsa Margherita mór suas chuig an teach chugam, ceann mór a mbeidh an oiread ann agus a bheathóidh an teach uilig?"

"Ó, cuirfidh" arsa fear an phíotsa. Ghlaoigh sé ar an gcaitín. "Gabh i leith," ar seisean. " Tá píotsa mór anseo agam. Cuir suas ar do ghluaisrothar é agus tabhair suas chuig Baba Mhór é. Tá sí tar éis glaoch orm anois á iarraidh."

“Maith go leor,” arsa an caitín. D'imigh sé leis suas an bóthar gur tháinig sé chomh fada leis na soilse tráchta. Bhí solas dearg ann agus stop sé. Agus é ina shuí ansin ar an ngluaisrothar tháinig ocras air.

"M'anam, ach tá ocras ag teacht ormsa," arsa an caitín. "Íosfaidh mé giota beag amháin den phíotsa." D'oscail sé an bosca agus d'ith sé píosa beag amháin, oiread na fríde, den phíotsa.

Choinnigh sé air ag tiomáint píosa eile gur tháinig sé chomh fada le droichead iarnróid. Bhí traein ag dul trasna an bhóthair agus bhí an geata dúnta. B'éigean dó stopadh tamall. Agus nár tháinig an t-ocras air arís!

STOP

"Á, íosfaidh mé písín beag amháin eile den phíotsa seo," ar seisean, "tá mé lag leis an ocras." D'oscail sé an bosca agus d'ith sé píosa eile.

Nuair a chuaigh an traein trasna an bhóthair osclaíodh an geata agus d'imigh an caitín leis arís.

STOP

An chéad áit eile a bhain sé amach, bhí droichead ann. B'éigean don chaitín stopadh arís mar bhí an droichead ardaithe agus bád ag dul faoi. Bhuail ocras arís an créatúr agus dúirt sé, "Ara, íosfaidh mé giota beag bídeach eile den phíotsa."

Síos an bóthar leis arís nuair a íslíodh an droichead. Tháinig sé chomh fada leis an áit a raibh an bus scoile stoptha. Bhí na cailíní ag tuirlingt den bhus scoile. Bhí an maor tráchta ann agus a líreacán mór aici agus na cailíní á scaoileadh trasna an bhóthair aici. B'éigean don chaitín stopadh. Tháinig ocras arís air.

BUS
BUS SCOILE (3)
STOP

“Ní íosfaidh mé ach giota beag amháin,
giota beag bídeach amháin de,” a dúirt an caitín.
Agus d'ith.

Bhí go maith agus ní raibh ródhona. Ba ghearr go raibh an caitín tagtha chomh fada le tigh Bhaba a d'ordaigh an píotsa i dtosach. Nuair a tháinig sé chomh fada leis an teach, bhuail sé an cloigín a bhí ar an doras.

Tháinig Baba Mhór amach agus shín sé chuici an bosca ach NÍ RAIBH TADA ISTIGH ANN! BHÍ AN PÍOTSA UILIG ITE AG AN gCAITÍN!

Bhí strainc ar aghaidh Bhaba agus í ag stánadh air. Bhí a fhios aici go maith céard a bhí déanta aige. D'oscail sí a béal… ach sula bhfuair sí seans aon cheo a rá leis léim sé ar a Honda 50 agus d'imigh sé leis.

Nach é an caitín a bhí dána!

Foilsithe ag Cló Mhaigh Eo,
Clár Chlainne Mhuiris,
Co. Mhaigh Eo,
Éire.
www.leabhar.com
094-9371744

ISBN: 978-1-899922-56-7

Dearadh: raydes@iol.ie
Clóbhuailte in Éirinn ag Clódóirí Lurgan Teo.

Faigheann Cló Mhaigh Eo cabhair ó Bhord na Leabhar Gaeilge.